MONIQUE FELIX

THE ALPHABET

CREATIVE EDITIONS
MANKATO

B
C
A

a
e
i
u
o
s

B
U
S
E
N
Z
R
J

a
e
i
o
s
u

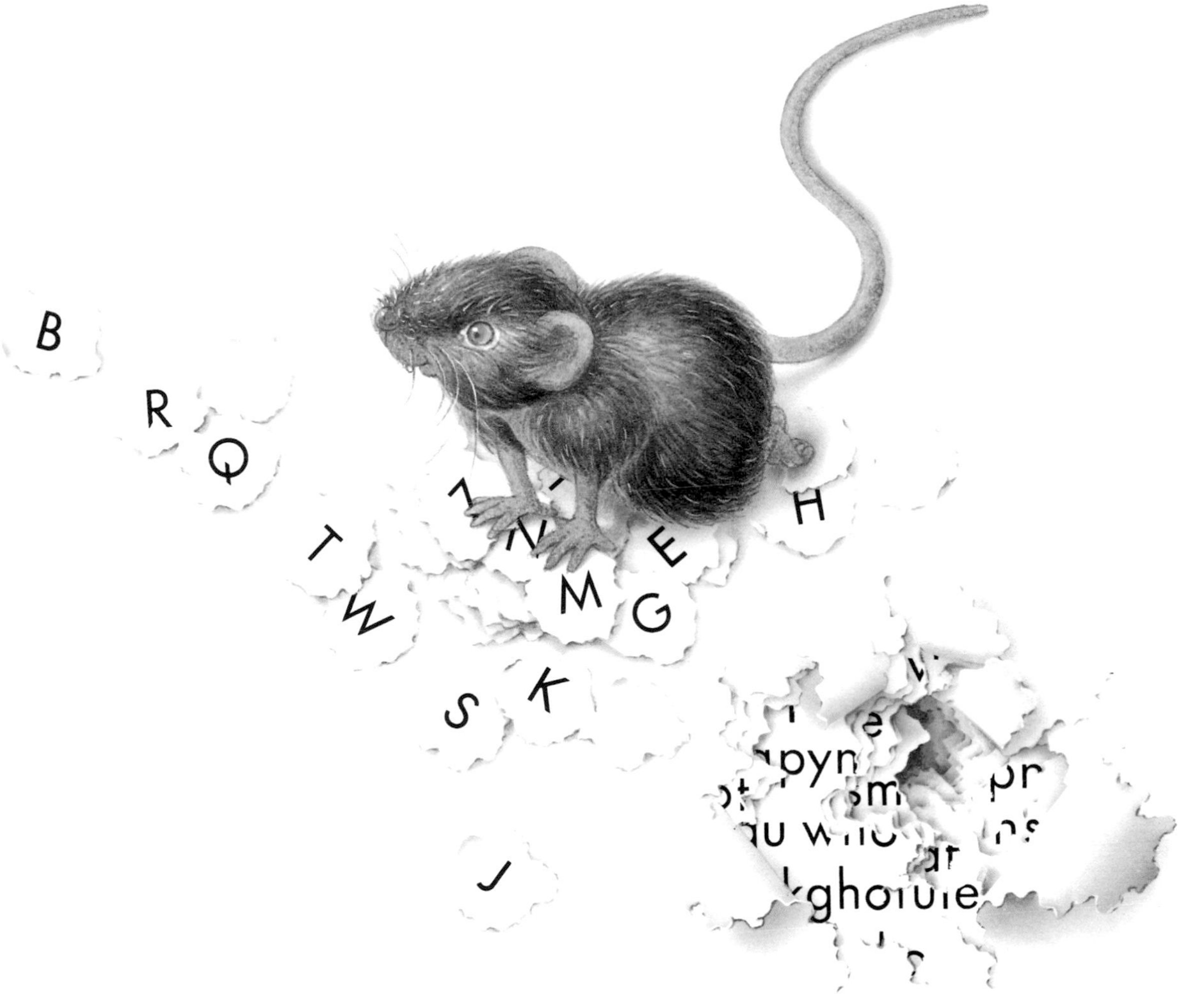
B
R
Q
T
W
S
K
J
M
G
E
H

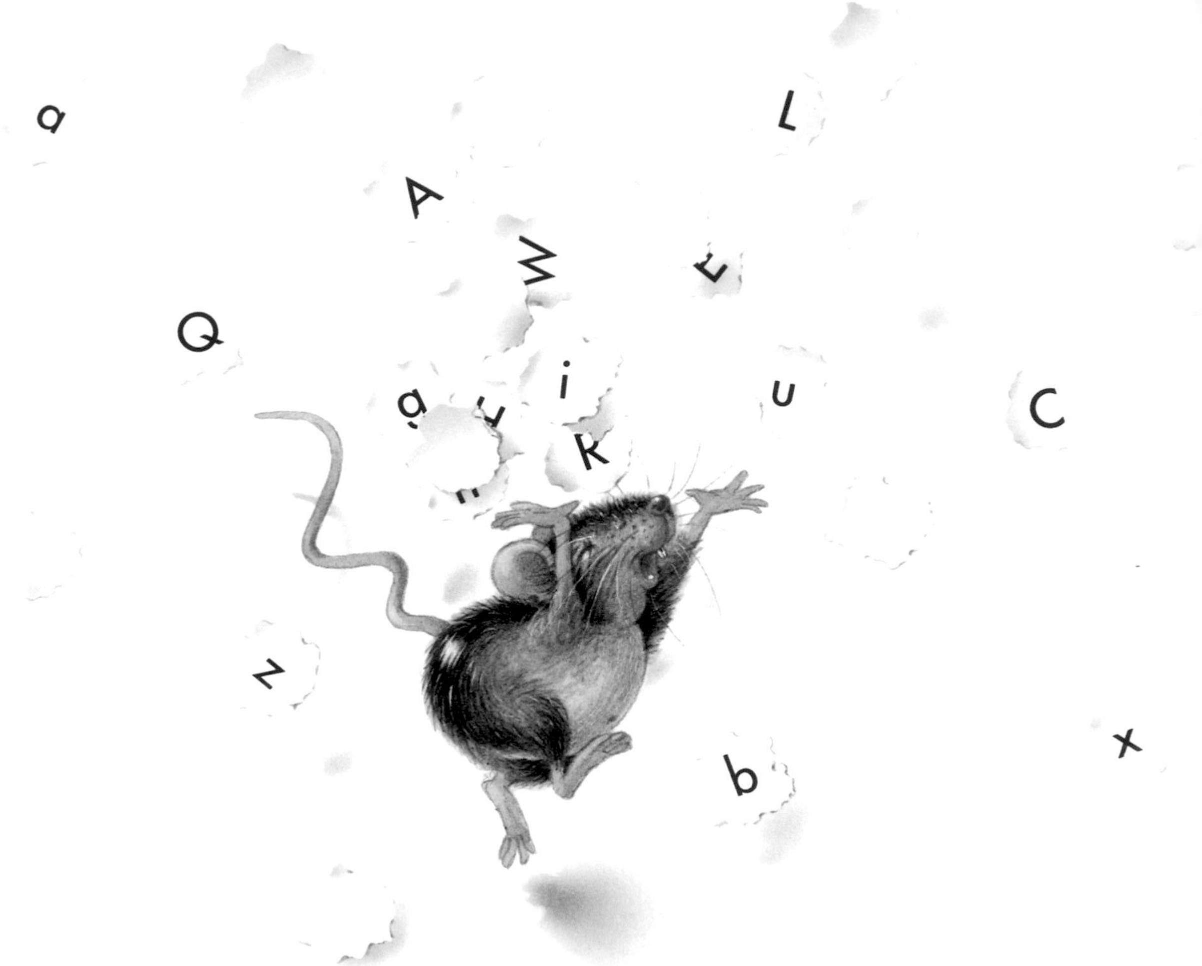

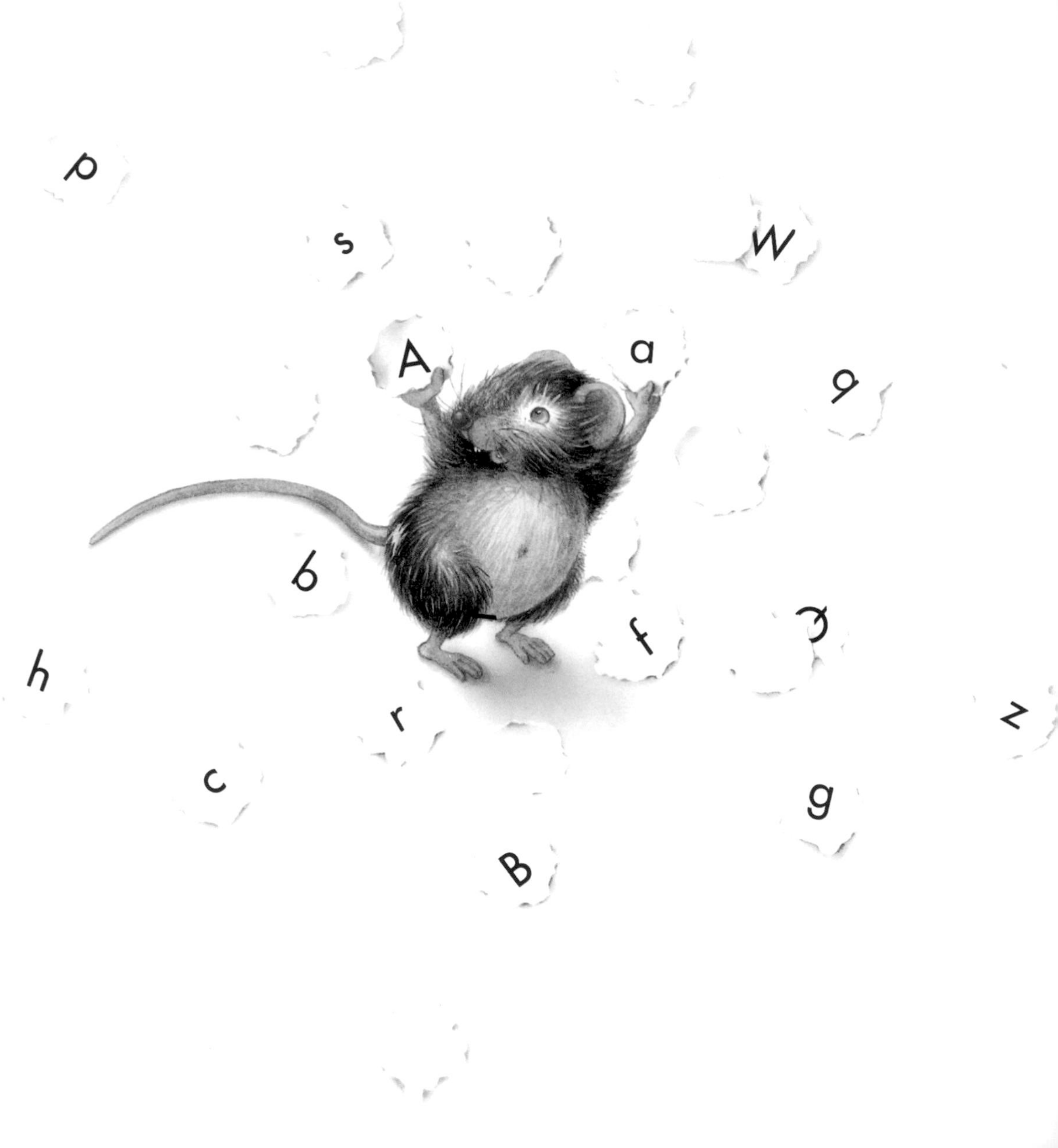

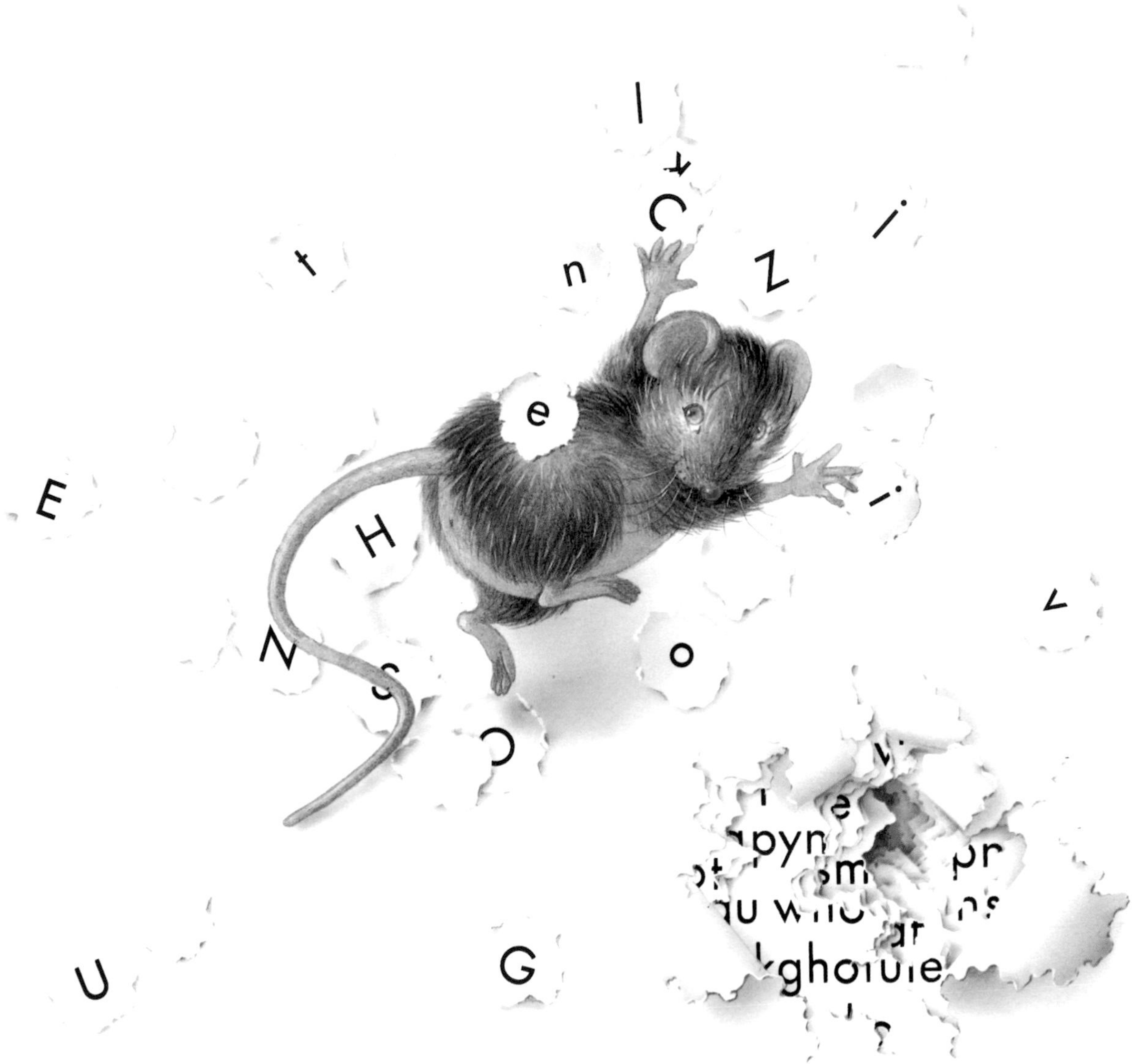

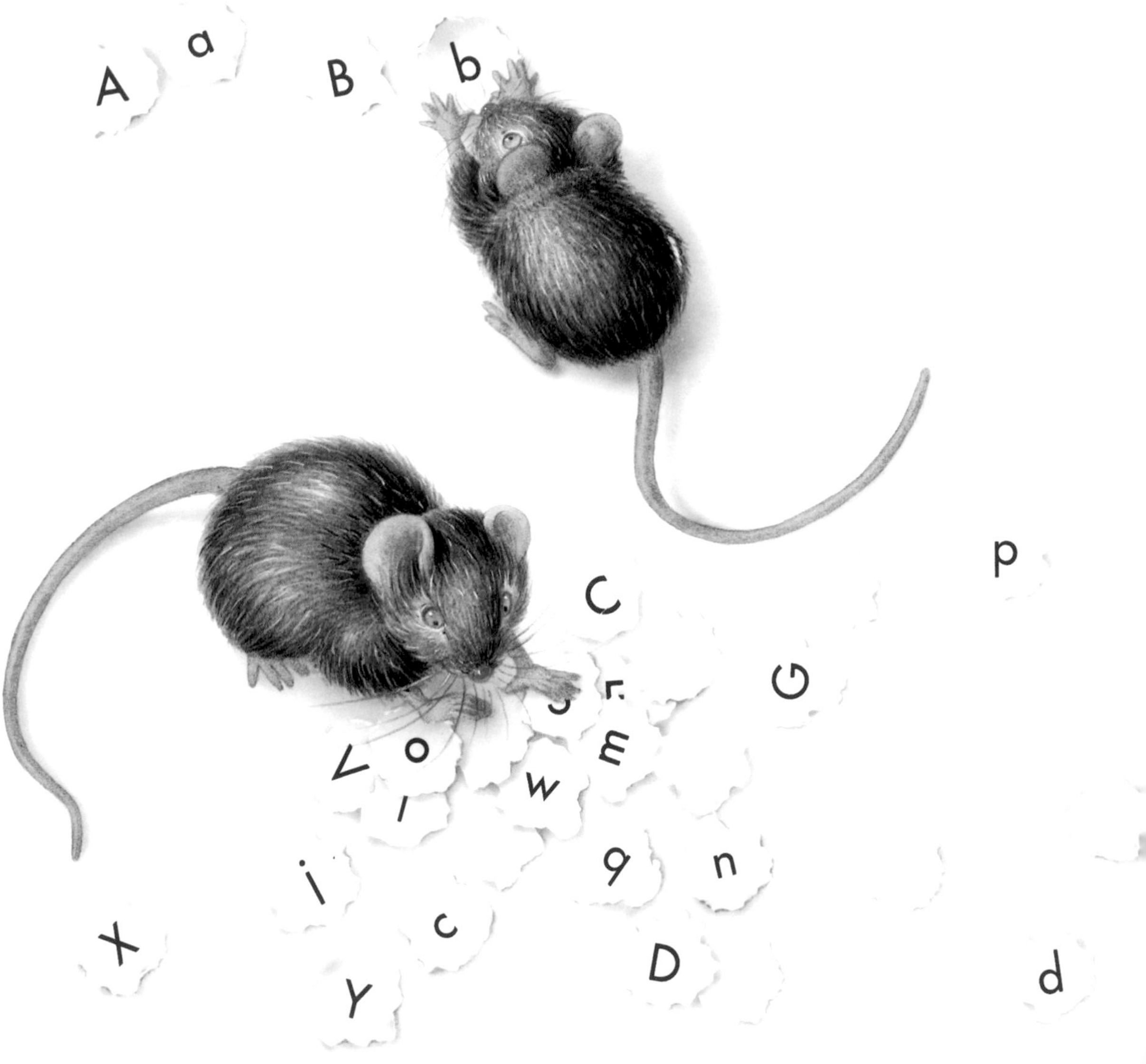
A
a
B
b
p
C
G
E
V
o
W
i
n
X
c
D
Y
d

v
t
N
k
u
h
s
e
r
H
g
l
i
Y
f
pyn
pr
u who
kghoiuie

A a
B b
C c
D d
E e
F f
G g
H h
!
J
K t
p
Y
o
O
M
m
X
s

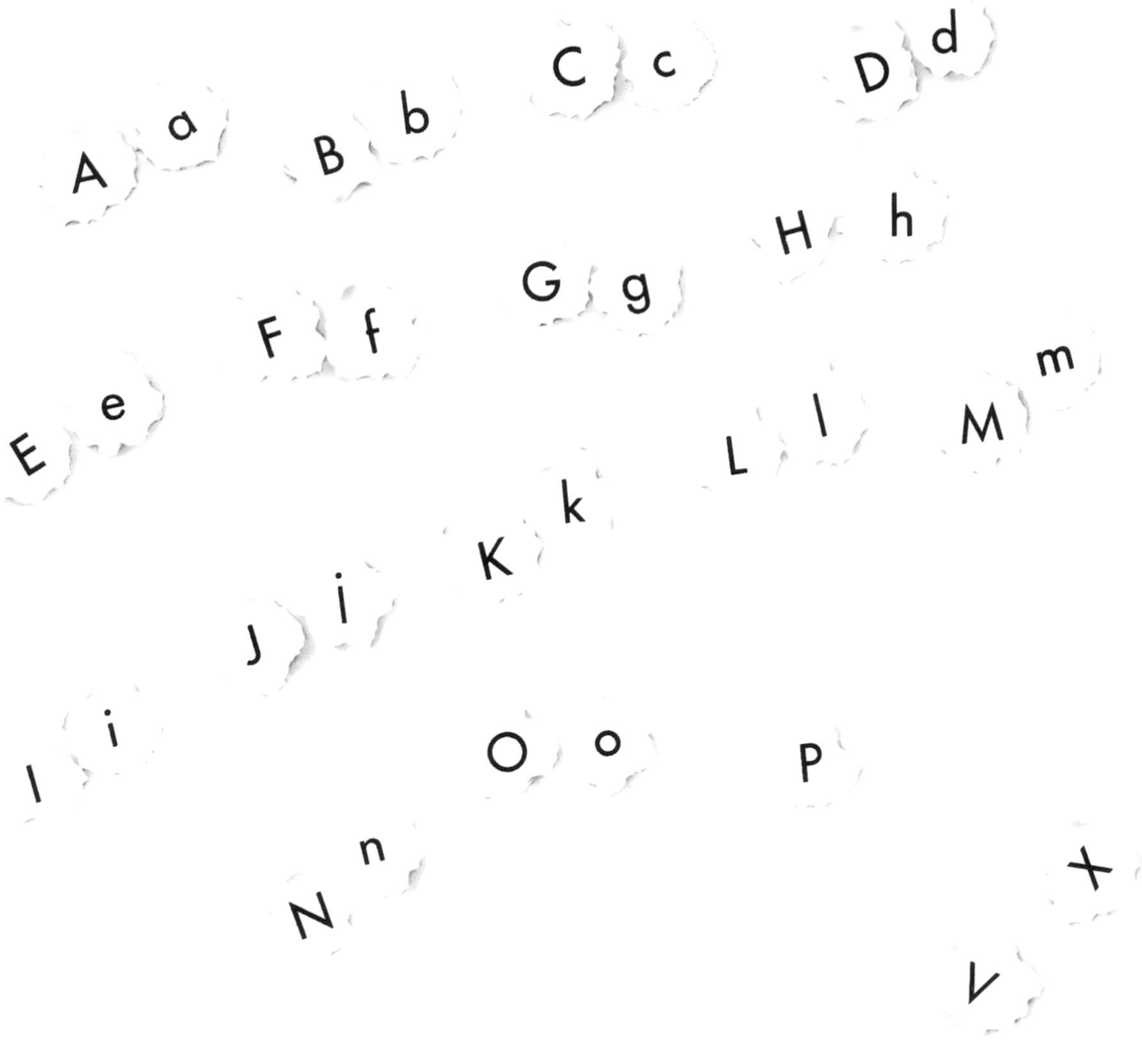

A a
B b
C c
D d
E e
F f
G g
H h
I i
J j
K k
L l
M m
N n
O o
P
X
V

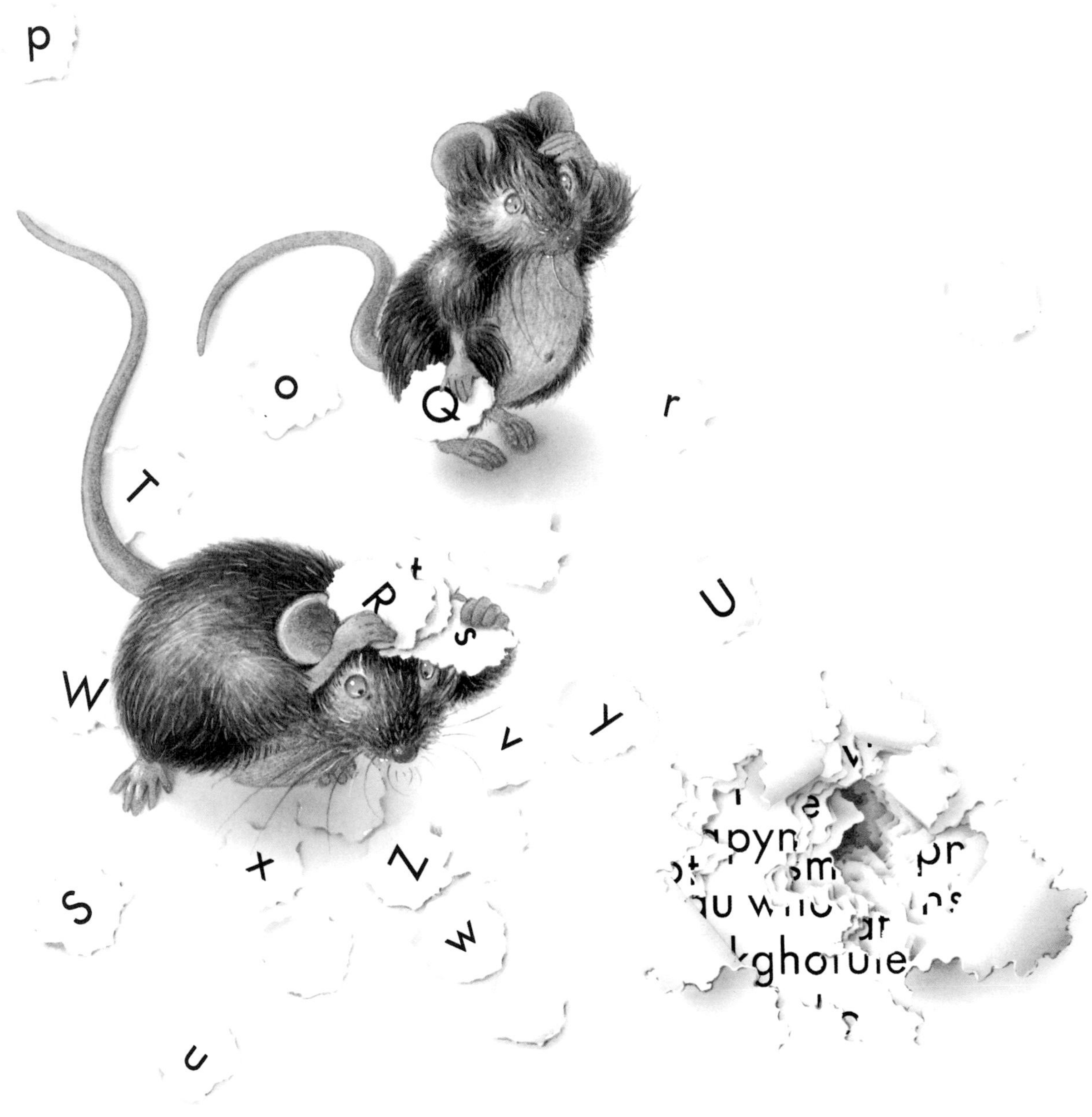
p
o
Q
r
T
t
R
s
U
W
Y
v
x
Z
S
w
u

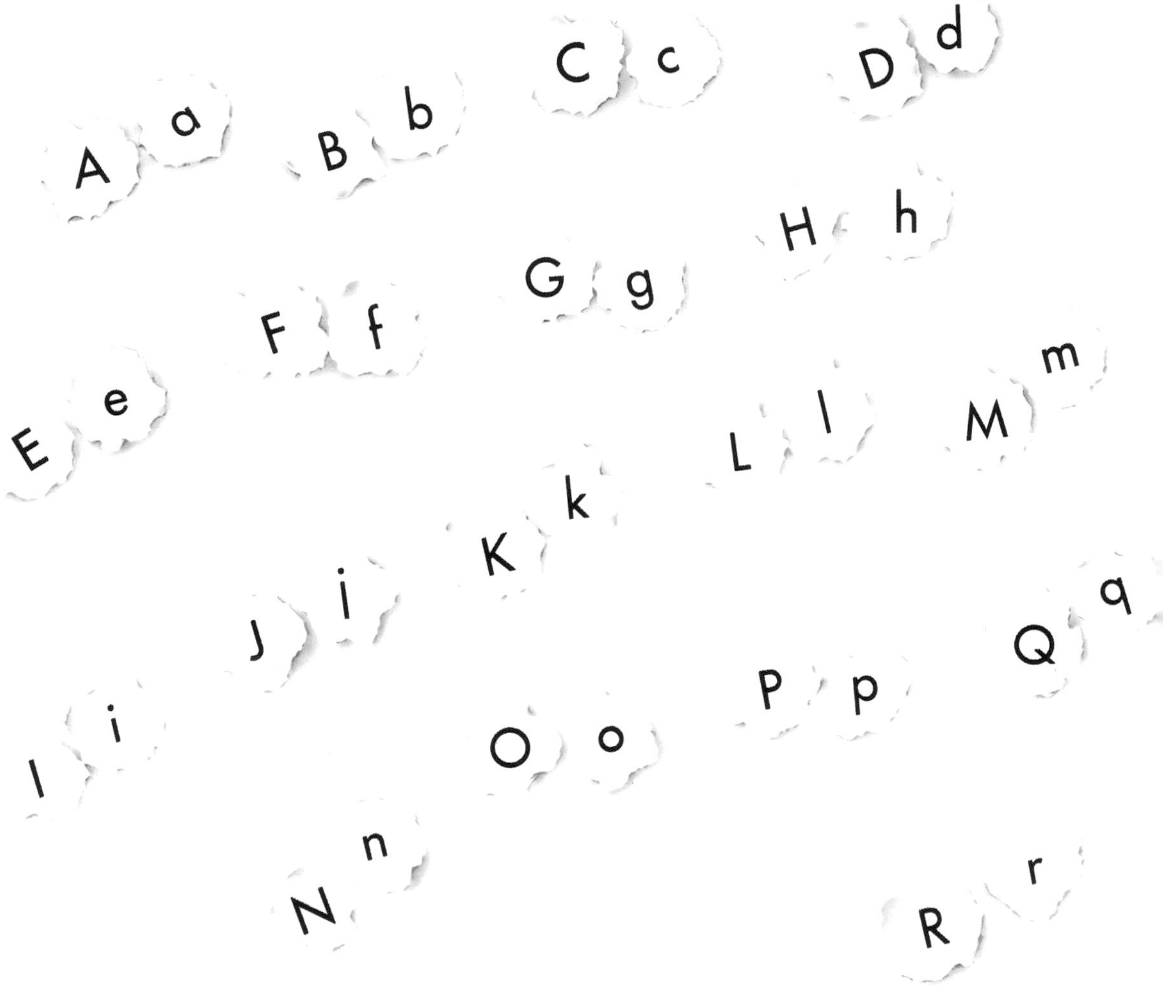

Aa
Bb
Cc
Dd
Ee
Ff
Gg
Hh
Ii
Jj
Kk
Ll
Mm
Nn
Oo
Pp
Qq
Rr

S s T t U u

X x

V v W w

Z z

Y y